Que chuva!

2.ª edição

Direção Geral:	Julio E. Emöd
Supervisão Editorial:	Maria Pia Castiglia
Coordenação de Produção:	Grasiele Lacerda Favatto Cortez
Revisão de Texto:	Estevam Vieira Lédo Jr.
Revisão de Provas:	Patricia Aguiar Gazza
	Ana Paula Ramos Patrocínio
Editoração Eletrônica:	Mônica Roberta Suguiyama
Ilustrações e Capa:	Herrero
Impressão e Acabamento:	EGB – Editora Gráfica Bernardi Ltda.

Dados Internacionais de Catalogação na Publicação (CIP)
(Câmara Brasileira do Livro, SP, Brasil)

Grassi, Teresa Cristina Cume
Que chuva! / Teresa Cristina Cume Grassi ;
ilustrações Herrero. -- 2. ed. -- São Paulo :
HARBRA, 2013. -- (Falando nisso)

ISBN 85-294-0136-0 (obra completa)
ISBN 978-85-294-0430-1
1. Literatura infantojuvenil I. Herrero.
II. Título. III. Série.

13-07593 CDD-028.5

Índices para catálogo sistemático:
1. Literatura infantojuvenil 028.5

Que chuva! – 2.ª edição

Rua Joaquim Távora, 842 – Vila Mariana – 04015-011 – São Paulo – SP
Promoção: (0.xx.11) 5084-2482 e 5571-1122. Fax: (0.xx.11) 5575-6876
Vendas: (0.xx.11) 5549-2244, 5084-2403 e 5571-0276. Fax: (0.xx.11) 5571-9777

ISBN (coleção) 85-294-0136-0
ISBN 978-85-294-0430-1

Impresso no Brasil *Printed in Brazil*

Que chuva!

2.ª edição

Teresa Cristina Cume Grassi

Ilustrações:
HERRERO

editora HARBRA

Tudinho era um bicho esquisito demais. Era bicho do mato, mas não queria passar no mato a vida inteira. Queria conhecer o mundo.

Às vezes conversava com bichos que vinham de outras terras. Ouviu falar do mar, das florestas de árvores enormes, de lugares muito frios onde, às vezes, caía uma tal de neve.

Um dia apareceu um pássaro amarelo, todo falante. Tudinho perguntou-lhe de onde vinha.

— Vim de um lugar onde vive o bicho-homem. Ele constrói um ninho chamado casa e acende estrelas que o iluminam à noite.

O pássaro não parava de contar coisas incríveis sobre esses tais de homens e o lugar onde viviam, a cidade. E, quanto mais o pássaro falava, mais Tudinho ia ficando agitado, curioso...

Não teve jeito.

Sem perder mais tempo com seus pensamentos, Tudinho fez uma pequena trouxa, avisou seus amigos e pôs o pé na estrada, rumo à cidade.

Chegou em um final de tarde. Estava cansado, mas não conseguia parar de prestar atenção em absolutamente tudo. Casas enormes e carros que passavam de um lado para outro, coloridos, barulhentos e deixando, como um rastro, um cheiro esquisito.

Não precisou andar muito para descobrir que arranjar um lugar para ficar hospedado não seria o mais difícil. Buracos, que pareciam tocas abandonadas, salpicavam as paredes de prédios, casas e muros. Pareciam estar apenas esperando que alguém os ocupasse.

Tudinho escolheu o seu.

Era um buraco não muito grande, em um muro de tijolos que separava um jardim de uma calçada. "É do tamanho exato", foi o pensamento que lhe ocorreu quando entrou.

Depois de fazer uma boa limpeza, o pequeno bicho do mato saiu em busca de objetos que pudessem servir para o seu mobiliário. Descobriu que, na cidade, era fácil encontrar pelas ruas uma porção de coisas jogadas.

Em bem pouco tempo sua toca foi tomando ares de casa e, diga-se de passagem, uma casa muito bem montada. Com duas caixas de fósforos construiu um armário. Duas tampinhas, uma de garrafa de refrigerante e outra de tubo de pasta de dente, serviram de prato e copo. Conseguiu até um bom pedaço de cortiça que utilizou para forrar o chão, como tapete.

Sentia saudades de casa, da comida fresquinha e do cheiro do mato.

O cheiro da cidade não era muito agradável; ele fungava o tempo inteiro e tinha seus olhos sempre irritados. Mas não podia negar que a cidade era muito interessante.

Conheceu um cachorro enorme que estava de mudança para uma fazenda lá para os lados de suas terras. Aproveitou e mandou uma carta para seus amigos, em que falava:

Não parece, mas na cidade, além do homem, vivem muitos outros bichos. Encontrei pássaros, cachorros, gatos e lagartixas; alguns ratos, muitas baratas, aranhas, pernilongos, tatuzinhos-de-quintal, alguns poucos cavalos, formigas, mariposas, cupins e muitos outros. Eu sinto muita falta é das plantas.

Uma coisa muito estranha é a comida do bicho-homem. Vem tudo embrulhado em pacotinhos, pacotões, caixinhas, vidrinhos. É incrível. Depois que eles comem, esses pacotes são jogados fora. Algumas pessoas usam uma grande lata para jogar fora seu lixo, outras jogam pelas ruas mesmo.

É tudo muito esquisito. Mas vale a pena conhecer. As ruas iluminadas são lindas. Existem construções enormes...

Ah! uma coisa engraçada: acho que os homens têm medo de mim! Imaginem só!

Volto logo. Saudades do amigo

Tudinho

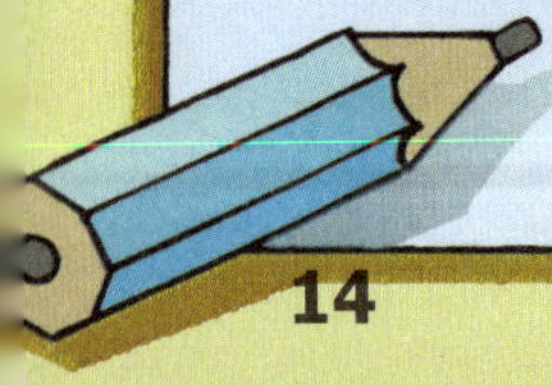

Os dias foram passando e Tudinho começava a pensar em voltar para casa. Estava chegando a época das chuvas. O céu já estava ficando diferente. O Sol brilhava forte quase o dia todo, mas, de repente, nuvens bem escuras vinham, sabe-se lá de onde, e logo começava a chover.

No campo também chove, e a água nunca havia preocupado nosso amigo. A água, para ele, era sempre bem-vinda, pois significava muita comida na próxima estação.

Mas ele notou que os moradores da cidade reagiam de forma diferente; principalmente as pessoas que moravam em casas. Cada vez que ameaçava chover forte, elas ficavam apavoradas. Juntavam suas coisas rapidamente e as guardavam em cima dos armários. Tudinho achava tudo muito estranho, mas cada um vive como quer.

Certo dia, começou a chover bem forte. Tudinho olhou pela porta de sua toca e resolveu que seria um dia ótimo para ficar em casa e descansar.

De repente, ninguém sabe de onde, começou a entrar água. Primeiro um pouquinho, depois mais e mais. Foi tudo muito rápido...

Sem conseguir sequer perceber direito o que estava acontecendo, Tudinho só teve tempo de segurar-se bem ao seu tapete de cortiça e pronto. Tudo já estava coberto pela água. O aguaceiro foi ficando cada vez mais forte e nosso amigo foi arrastado de sua toca e flutuou, rua abaixo. Ficou desesperado. “Que fim o meu, vou acabar me afogando”, pensou.

O medo de Tudinho não era sem fundamento. Conforme ia sendo arrastado pelas águas, via pessoas em desespero, tentando salvar seus móveis e roupas da água das chuvas, que parecia não parar de subir e engolir as coisas.

E não eram somente os objetos. As crianças precisavam ficar agarradas aos seus pais para não serem levadas pela enxurrada. Mesmo os adultos, muitas vezes mal conseguiam manter-se em pé. “De onde veio essa água toda?”, perguntava-se. “Por que a água não baixa?”

Como por encanto, o céu foi clareando e parou de chover. Aos poucos, a água foi baixando e sobrou somente uma lama malcheirosa. Sem entender direito o que havia acontecido e com um sentimento que misturava medo e revolta, voltou para sua toca, arrastando o "tapete" que lhe salvara a vida.

Quando finalmente chegou em casa, abatido, percebeu que a água havia levado todas as suas coisas. Assustado e com frio, sentou-se na calçada e chorou muito.

Nesse momento, escutou uma conversa animada e muitas risadas vindas de dentro do bueiro da rua. "Mas quem poderia estar tão alegre depois de uma tragédia dessas?", indagou.

Sem esperar resposta, enfiou-se bueiro adentro para investigar.

"Ora, vejam só, parece até uma festa!" Ratos, ratazanas e baratas dançavam e riam em volta de pilhas enormes de lixo.

Indignado, Tudinho explodiu de raiva:

— Como vocês podem fazer isso? Juntar todo esse lixo aqui embaixo, nos esgotos?! Desse jeito a água não pode passar e daí é enchente na certa! Vocês não se preocupam com os outros?

— Ei, espera aí um pouquinho – falou a ratazana que parecia chefiar o grupo. — Você está achando que nós somos os responsáveis por toda essa imundice? Imagine! Sabe, todos acham que nós somos sujos. Tá bom, nós até gostamos de viver aqui, mas não somos os responsáveis pela sujeira, não. São esses tais de humanos. Esse povo joga tudo nas ruas: papel de bala, toco de cigarro, latinhas, garrafas, lenço de papel, restos de comida. São tantas coisas que não dá nem para acreditar. Quando chove, a água arrasta tudo para os bueiros. Resultado: entope tudo. Inundação. O que ninguém pode é nos culpar. A sujeira é deles, nós só fazemos a festa.

Tudinho voltou para casa indignado. “Isso não pode ficar assim. Alguém tem de fazer alguma coisa. Eu acho que ninguém sabe o que está acontecendo; não é possível. Preciso avisar as pessoas.”

Respirou fundo, criou coragem e tentou se aproximar de algumas pessoas para contar o que ouviu nos bueiros.

A reação não foi diferente de outras vezes. Alguns gritaram e correram; outros deram chutes e, daí, foi Tudinho quem correu. Fosse qual fosse a reação das pessoas, só havia uma coisa em comum: ninguém prestou atenção no que Tudinho tentava falar.

"Pois bem", pensou Tudinho, "se ninguém quer me escutar, quem sabe pelo menos prestam atenção no que eu vou fazer."

Foi para um parque e começou a juntar todo o lixo que encontrava esparramado pela grama e calçadas. As pessoas nem percebiam. Continuavam passando com pressa, sem sequer olhar para os lados e, o que é pior, jogando mais lixo pelo chão.

Mas Tudinho não desiste fácil, não. Continuou na sua *Operação Limpeza*.

Estava tão envolvido na sua missão que nem percebeu que algumas crianças que brincavam ali por perto começaram a se aproximar. Olhavam com atenção para tentar entender o que esse bichinho estranho estava fazendo. Finalmente, não resistiram e perguntaram.

— **N**em adianta eu responder, afinal vocês não podem me entender, nenhum humano entende o que eu falo – afirmou Tudinho.

— Acho que você está enganado, eu consigo – disse uma das crianças.

— Eu também – falou a outra.

— Ora, vejam, parece que pelo menos as crianças podem me entender! Pois bem, prestem muita atenção. Eu vou contar para vocês uma coisa muito séria que está acontecendo na sua cidade.

Assim, nosso amigo contou para as crianças tudo o que havia descoberto nos bueiros e avisou que as pessoas precisavam fazer alguma coisa.

As crianças ouviram tudo atentamente, entreolharam-se e, como se tivessem combinado, começaram todas a ajudar Tudinho a juntar o lixo.

— Vamos conversar com nossos pais – prometeram as crianças. — Precisamos evitar que as enchentes aconteçam novamente.

Estavam indo para suas casas quando uma das crianças virou-se para Tudinho e perguntou:

— Mas, e o lixo que já está lá embaixo, entupindo os bueiros? O que a gente pode fazer?

— Acho melhor deixar por conta do pessoal da limpeza de sua cidade. Eu mesmo já vi alguns trabalhadores limpando bueiros. Se ninguém jogasse lixo nas ruas, esses trabalhadores só precisariam retirar as folhas secas, galhos e objetos que podem cair acidentalmente. Mas, se as pessoas não pararem de jogar as coisas nas ruas, ninguém vence o trabalho!

Conforme as crianças iam se afastando, Tudinho pensou: "Acho que o trabalhão que tive valeu a pena. Gostaria de estar aqui para ver se esses humanos vão tomar jeito".

Mas já era hora de voltar para o campo. Tudinho já estava com muitas saudades de casa.

Havia conhecido muitas coisas novas; agora ia voltar e contar para todos os seus amigos sobre a vida na cidade: ia falar das luzes, dos carros e das vitrines que ele tinha visto. Iria até contar que quase se afogara em uma enchente.

Falaria também sobre os pequenos humanos com quem havia conseguido conversar e sobre suas conclusões: "Somente os pequenos, chamados crianças, conseguem perceber algumas coisas, pois parece que são os únicos que ainda prestam atenção. Tomara que eles não fiquem com pressa demais quando crescerem, pois daí vão parar de perceber muita coisa que está acontecendo perto deles. Afinal, muitos dos problemas existem porque as pessoas não prestam atenção ou porque acham que não podem fazer nada".